Nita jouait au ballon avec Rocky. « Attrape ! » cria-t-elle. Rocky sauta, rata et courut après le ballon, hors du parc et dans la rue.
« ARRETE ! ROCKY ! ARRETE ! » Nita cria. Elle était tellement occupée à essayer d'attraper Rocky qu'elle n'a pas vu...

Nita was playing ball with Rocky. "Catch!" she shouted. Rocky jumped, missed and ran after the ball, out of the park and into the road.
"STOP! ROCKY! STOP!" Nita shouted. She was so busy trying to catch Rocky that she didn't see...

la VOITURE.

the CAR.

Le conducteur appuya sur les freins. CRISSS ! Mais c'était trop tard ! PAN ! La voiture frappa Nita et elle tomba par terre avec un bruit navrant.

The driver slammed on the brakes. SCREECH! But it was too late! THUD! The car hit Nita and she fell to the ground with a sickening CRUNCH.

« NITA ! » Maman hurla. « Que quelqu'un appelle une ambulance ! »
cria-t-elle, caressant les cheveux de Nita et la tenant.
Le conducteur téléphona pour une ambulance.
« Maman, ma jambe me fait mal, » pleura Nita, de grosses larmes roulant
sur son visage.
« Je sais, ça fait mal, mais essaie de ne pas bouger, » dit Maman.
« L'aide va bientôt arriver. »

"NITA!" Ma screamed. "Someone call an ambulance!" she shouted, stroking
Nita's hair and holding her.
The driver dialled for an ambulance.
"Ma, my leg hurts," cried Nita, big tears rolling down her face.
"I know it hurts, but try not to move," said Ma. "Help will be here soon."

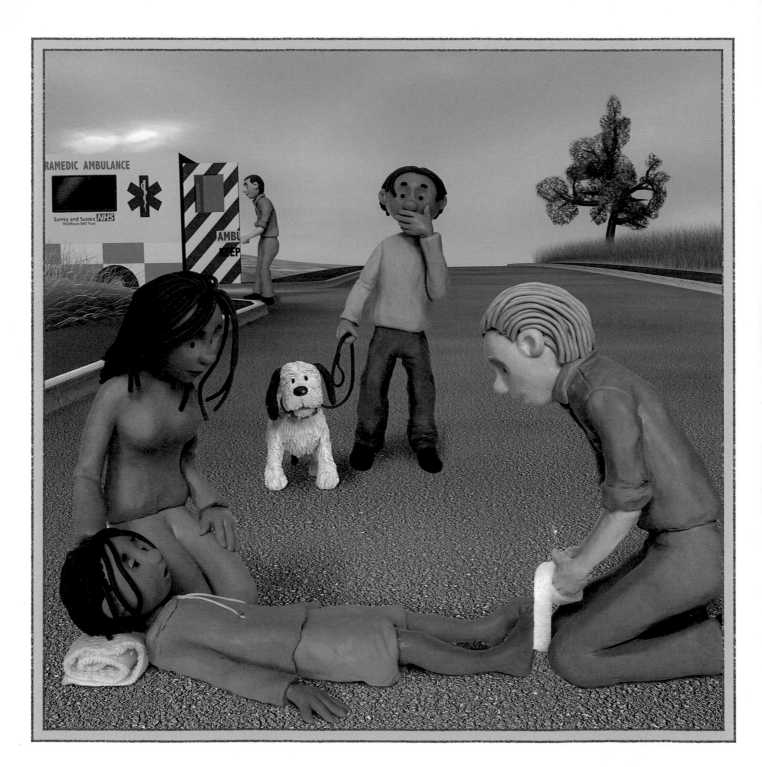

L'ambulance arriva et deux infirmiers vinrent avec un brancard.
« Bonjour, je m'appelle John. Ta jambe est très enflée. C'est peut-être cassé, »
dit-il. « Je vais juste te mettre ces attelles pour empêcher ta jambe de bouger. »
Nita mordit sa lèvre. Sa jambe lui faisait vraiment mal.
« Tu es courageuse, » dit-il, la transportant doucement sur le brancard vers
l'ambulance. Maman monta aussi.

The ambulance arrived and two paramedics came with a stretcher.
"Hello, I'm John. Your leg's very swollen. It might be broken," he said. "I'm just
going to put these splints on to stop it from moving."
Nita bit her lip. The leg was really hurting.
"You're a brave girl," he said, carrying her gently on the stretcher to the
ambulance. Ma climbed in too.

Nita était allongée sur le brancard, serrant très fort Maman, pendant que l'ambulance filait dans les rues, les sirènes hurlantes et les lumières clignotantes, jusqu'à l'hôpital.

Nita lay on the stretcher holding tight to Ma, while the ambulance raced through the streets – siren wailing, lights flashing – all the way to the hospital.

A l'entrée il y avait des gens partout. Nita était très apeurée.
« Oh là là, qu'est-ce qui t'est arrivé ? » demanda un infirmier chaleureusement.
« Une voiture m'a renversée et ma jambe me fait vraiment mal, » dit Nita,
ravalant ses larmes.
« On va te donner quelque chose pour la douleur, dès que le docteur aura
regardé, » lui dit-il. « Maintenant je dois vérifier ta température et prendre
un peu de sang. Tu sentiras juste une petite piqûre. »

At the entrance there were people everywhere. Nita was feeling very scared.
"Oh dear, what's happened to you?" asked a friendly nurse.
"A car hit me and my leg really hurts," said Nita, blinking back the tears.
"We'll give you something for the pain, as soon as the doctor has had a look,"
he told her. "Now I've got to check your temperature and take some blood.
You'll just feel a little jab."

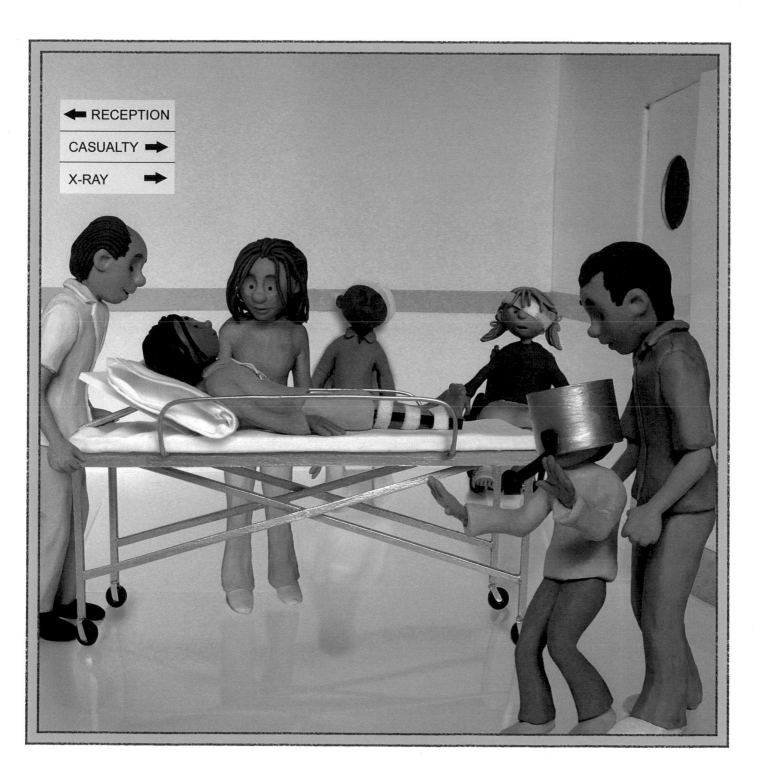

RECEPTION ⬅
CASUALTY ➡
X-RAY ➡

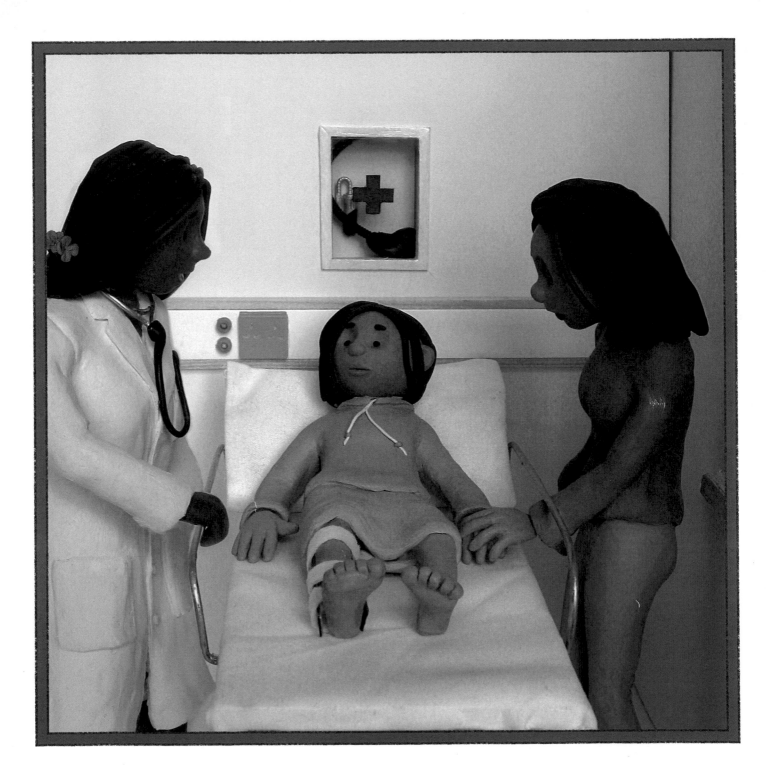

Ensuite arriva le docteur. « Bonjour Nita, » dit-elle. « Oh, comment c'est arrivé ? »

« Une voiture m'a renversée. Ma jambe fait vraiment mal, » sanglota Nita.

« Je vais te donner quelque chose pour arrêter la douleur. Maintenant laisse-moi regarder ta jambe, » dit le docteur.

« Hum, elle semble cassée. Nous devons faire une radio pour voir de plus près. »

Next came the doctor. "Hello Nita," she said. "Ooh, how did that happen?"

"A car hit me. My leg really hurts," sobbed Nita.

"I'll give you something to stop the pain. Now let's have a look at your leg," said the doctor. "Hmm, it seems broken. We'll need an x-ray to take a closer look."

Un brancardier sympa roula Nita jusqu'au service radiologique où beaucoup de gens attendaient.

Enfin, ce fut le tour de Nita. « Bonjour Nita, » dit la radiologue. « Je vais prendre une photo de l'intérieur de ta jambe avec cette machine, » dit-elle montrant la machine radiologique. « Ne t'inquiète pas, ça ne fera pas mal. Tu dois seulement ne pas bouger pendant que je prends la radio. »

Nita acquiesça.

A friendly porter wheeled Nita to the x-ray department where lots of people were waiting.

At last it was Nita's turn. "Hello Nita," said the radiographer. "I'm going to take a picture of the inside of your leg with this machine," she said pointing to the x-ray machine. "Don't worry, it won't hurt. You just have to keep very still while I take the x-ray."

Nita nodded.

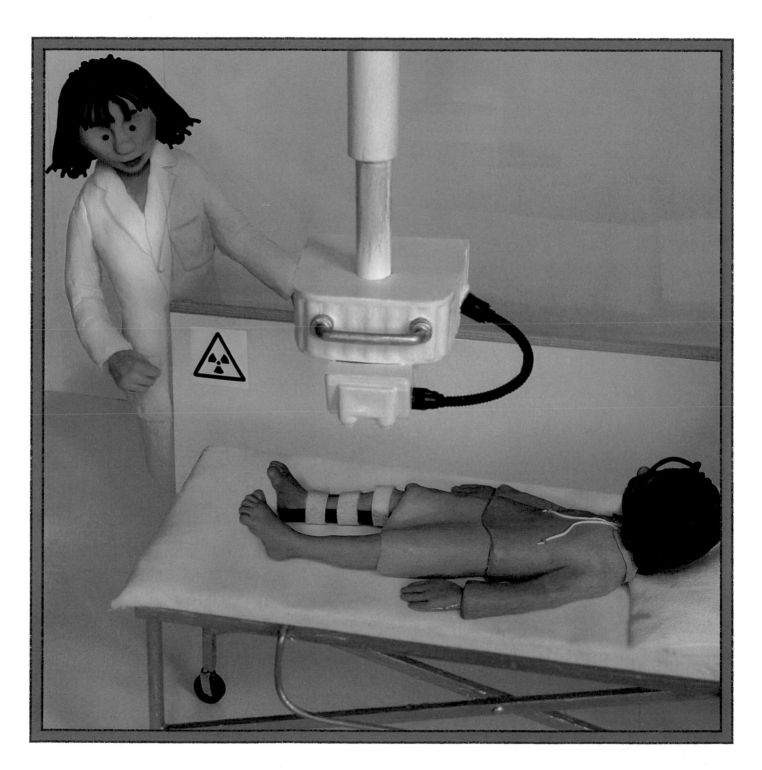

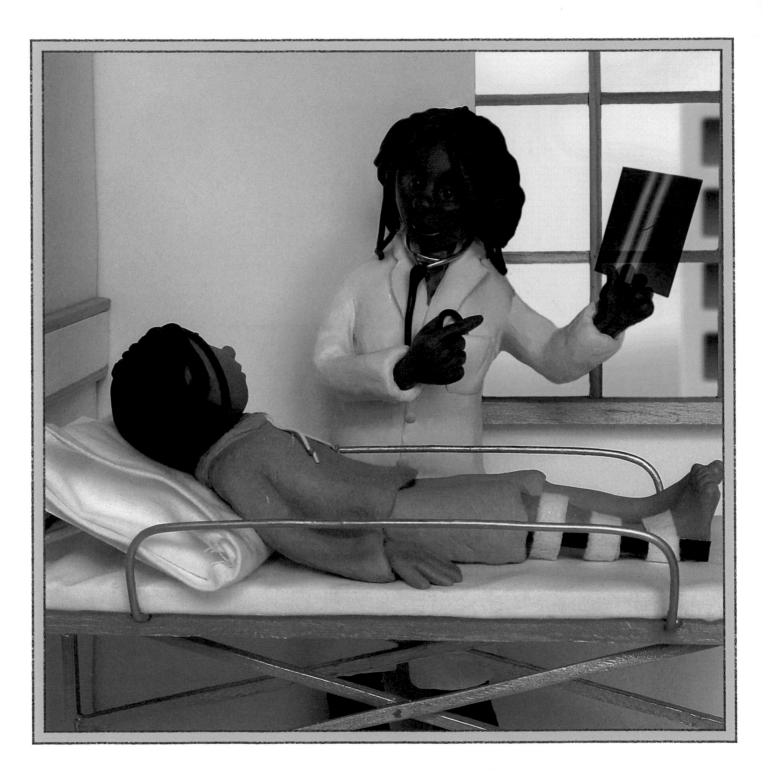

Un peu plus tard, le docteur est revenu avec la radio. Elle la souleva et Nita pouvait voir l'os à l'intérieur de sa jambe !

« C'est ce que je pensais, » dit le docteur. « Ta jambe est cassée. Nous devons remettre l'os en place puis mettre un plâtre. Cela la tiendra en place pour que l'os puisse se ressouder. Mais à présent, ta jambe est trop enflée. Tu vas devoir rester ici cette nuit. »

A little later the doctor came with the x-ray. She held it up and Nita could see the bone right inside her leg!

"It's as I thought," said the doctor. "Your leg is broken. We'll need to set it and then put on a cast. That'll hold it in place so that the bone can mend. But at the moment your leg is too swollen. You'll have to stay overnight."

Le brancardier roula Nita jusqu'au service des enfants. « Bonjour Nita.
Je m'appelle Rose et je suis ton infirmière spéciale. Je vais m'occuper de toi.
Tu arrives juste au bon moment, » elle sourit.
« Pourquoi ? » demanda Nita.
« Parce que c'est l'heure du dîner. Nous allons te mettre dans un lit et puis tu
pourras avoir à manger. »
L'infirmière Rose mit de la glace autour de la jambe de Nita et lui donna un
oreiller de plus, pas pour sa tête … mais pour sa jambe.

The porter wheeled Nita to the children's ward. "Hello Nita. My name's Rose
and I'm your special nurse. I'll be looking after you. You've come just at the
right time," she smiled.
"Why?" asked Nita.
"Because it's dinner time. We'll pop you into bed and then you can have
some food."
Nurse Rose put some ice around Nita's leg and gave her an extra pillow, not
for her head... but for her leg.

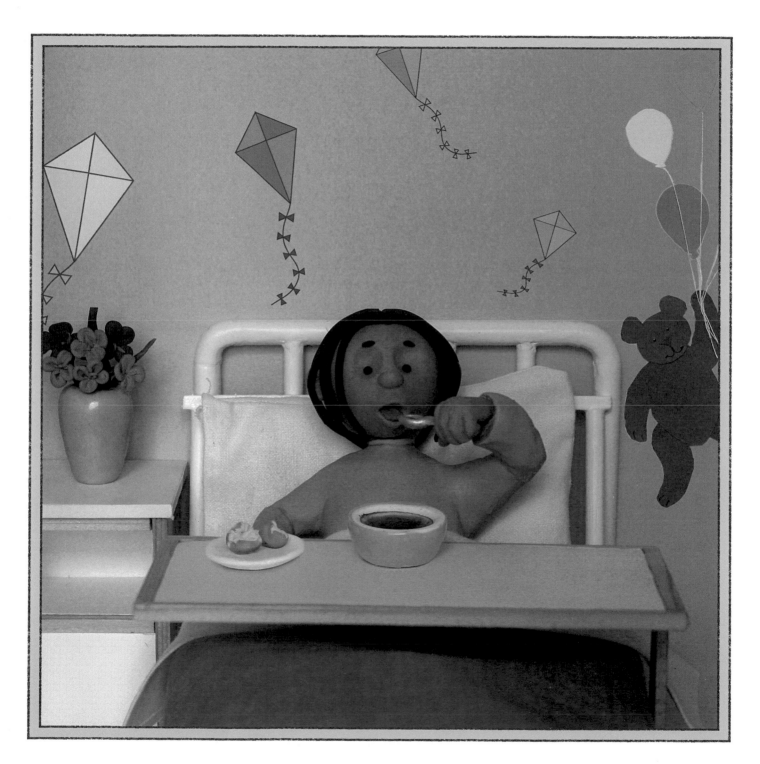

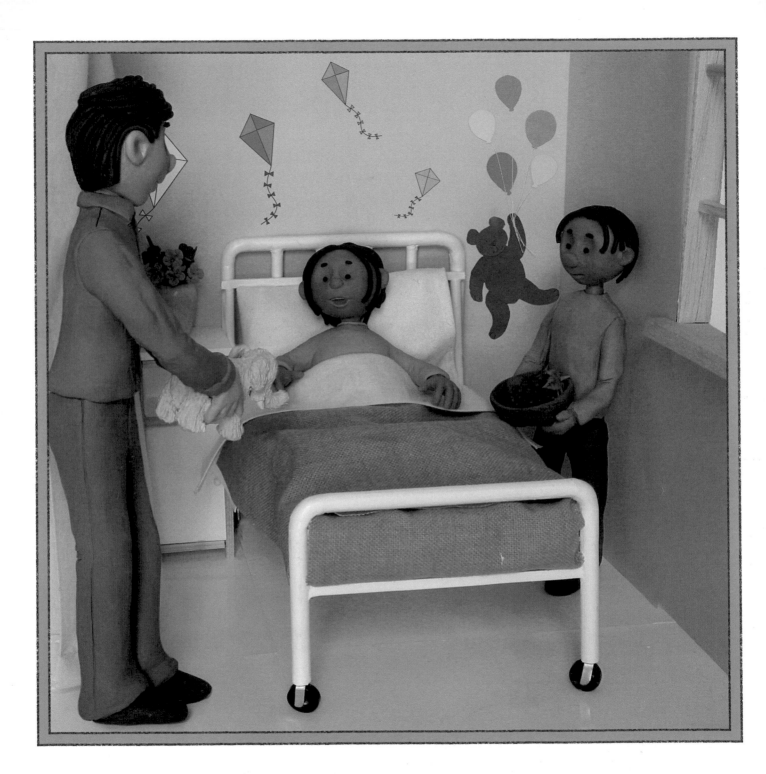

Après dîner Papa et Jay sont arrivés. Papa lui donna un gros câlin et son jouet préféré.

« Fais voir ta jambe ? » demanda Jay. « Pouah ! C'est horrible. Ça fait mal ? »

« Beaucoup, » dit Nita, « mais ils m'ont donnée des calmants. »

L'infirmière Rose prit encore une fois la température de Nita. « C'est l'heure de dormir maintenant, » dit-elle.

« Ton Papa et ton frère vont partir maintenant mais ta Maman peut rester … toute la nuit. »

After dinner Dad and Jay arrived. Dad gave her a big hug and her favourite toy.

"Let's see your leg?" asked Jay. "Ugh! It's horrible. Does it hurt?"

"Lots," said Nita, "but they gave me pain-killers."

Nurse Rose took Nita's temperature again. "Time to sleep now," she said.

"Dad and your brother will have to go but Ma can stay... all night."

Tôt le lendemain matin, le docteur vérifia la jambe de Nita. « Bien, ça parait beaucoup mieux, » dit-elle. « Je pense que c'est prêt à être remis en place. » « Qu'est ce que ça veut dire ? » demanda Nita.
« On va te donner un anesthésique qui va te faire dormir. Puis on remettra l'os à sa place et on le fera tenir en position avec un plâtre. Ne t'inquiète pas tu ne sentiras rien, » dit le docteur.

Early next morning the doctor checked Nita's leg. "Well that looks much better," she said. "I think it's ready to be set."
"What does that mean?" asked Nita.
"We're going to give you an anaesthetic to make you sleep. Then we'll push the bone back in the right position and hold it in place with a cast. Don't worry, you won't feel a thing," said the doctor.

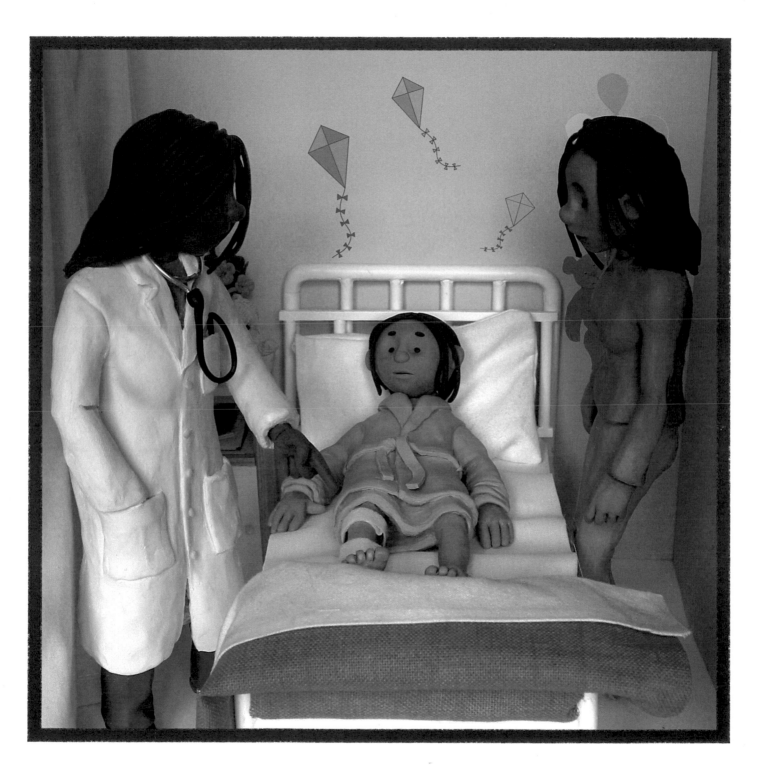

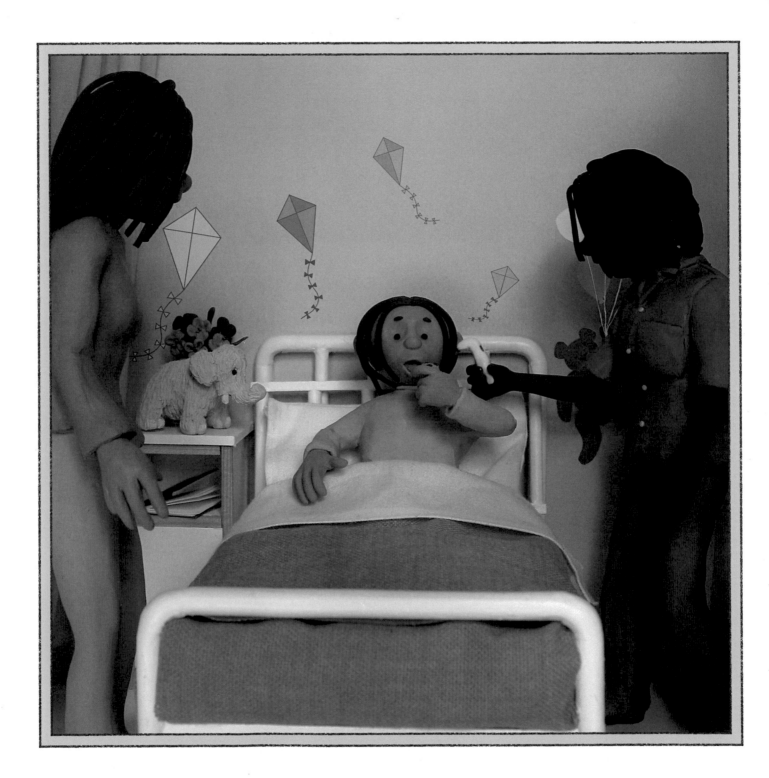

Nita avait l'impression d'avoir dormi pendant toute une semaine.

« Combien de temps j'ai dormi, Maman ? » demanda t-elle.

« Seulement environ une heure, » sourit Maman.

« Bonjour Nita, » dit l'infirmière Rose. « C'est bien de voir que tu es réveillée. Comment va la jambe ? »

« OK, mais elle est très lourde et raide, » dit Nita. « Est-ce que je peux manger quelque chose ? »

« Oui, c'est bientôt le déjeuner, » dit Rose.

Nita felt like she'd been asleep for a whole week. "How long have I been sleeping, Ma?" she asked.

"Only about an hour," smiled Ma.

"Hello Nita," said Nurse Rose. "Good to see you've woken up. How's the leg?"

"OK, but it feels so heavy and stiff," said Nita. "Can I have something to eat?"

"Yes, it'll be lunchtime soon," said Rose.

Au déjeuner Nita se sentait beaucoup mieux. L'infirmière Rose l'installa dans une chaise roulante pour qu'elle puisse se joindre aux autres enfants.

« Qu'est-ce qui t'est arrivé ? » demanda un garçon.

« Cassé ma jambe, » dit Nita. « Et toi ? »

« J'ai eu une opération à mes oreilles, » dit le garçon.

By lunchtime Nita was feeling much better. Nurse Rose put her in a wheelchair so that she could join the other children.

"What happened to you?" asked a boy.

"Broke my leg," said Nita. "And you?"

"I had an operation on my ears," said the boy.

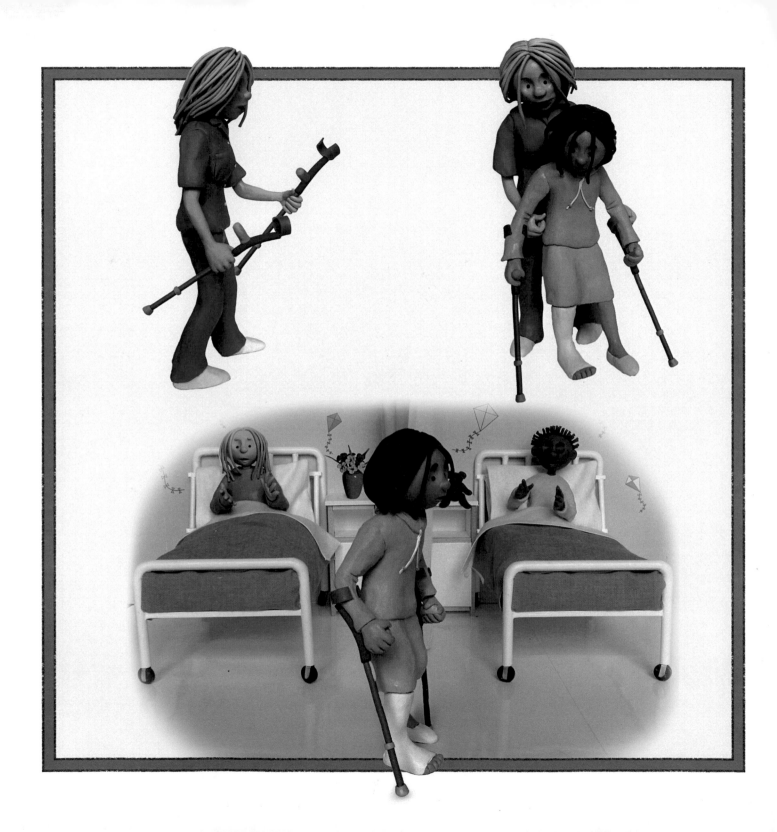

Dans l'après-midi la kinésithérapeute est venue avec des béquilles. « Voilà Nita. Ca va t'aider à marcher, » dit-elle.

Boitillant et oscillant, poussant et se tenant, Nita très vite se mit à marcher dans la salle.

« Très bien, » dit la kinésithérapeute. « Je pense que tu es prête à rentrer chez toi. Le docteur va venir te voir. »

In the afternoon the physiotherapist came with some crutches. "Here you are Nita. These will help you to get around," she said.

Hobbling and wobbling, pushing and holding, Nita was soon walking around the ward.

"Well done," said the physiotherapist. "I think you're ready to go home. I'll get the doctor to see you."

Ce soir-là, Maman, Papa, Jay et Rocky sont venus chercher Nita.
« Super, » dit Jay en voyant le plâtre de Nita. « Est-ce que je
peux dessiner dessus ? »
« Pas maintenant ! Quand nous serons à la maison, » dit Nita.
Peut-être avoir un plâtre ne sera pas si mal.

That evening Ma, Dad, Jay and Rocky came to collect Nita.
"Cool," said Jay seeing Nita's cast. "Can I draw on it?"
"Not now! When we get home," said Nita. Maybe having a
cast wasn't going to be so bad.

Nita va à l'Hôpital

Nita Goes to Hospital

Story by Henriette Barkow

Models and Illustrations by Chris Petty

French translation by Annie Arnold